VENTE

HOTEL DROUOT, SALLE Nº 8

Le Jeudi 27 Décembre 1906

à 3 heures 1/2

EXPOSITION PUBLIQUE

Le Mercredi 26 Décembre 1906

de 2 heures à 6 heures

PASTELS — PEINTURES

ET

DESSINS REHAUSSÉS

PAR

Jules CHÉRET

COMMISSAIRE-PRISEUR

Mᵉ GASTON FRANÇOIS

23, rue Le Peletier

EXPERT

M. L. MOLINE

14 *bis*, rue Saint-Georges

CATALOGUE

DES

PASTELS — PEINTURES

ET

DESSINS REHAUSSÉS

PAR

Jules CHÉRET

DONT LA VENTE AURA LIEU

HOTEL DROUOT, SALLE Nº 8

LE JEUDI 27 DÉCEMBRE 1906

à 3 heures 1/2

COMMISSAIRE-PRISEUR	EXPERT
Mᵉ **GASTON FRANÇOIS**	**M. L. MOLINE**
23, rue Le Peletier	14 *bis*, rue Saint-Georges

EXPOSITION PUBLIQUE

Le Mercredi 26 Décembre 1906, de 2 heures à 6 heures

CONDITIONS DE LA VENTE

Elle sera faite au comptant.

Les adjudicataires paieront *dix pour cent* en sus des enchères.

Paris.— Imprimerie de l'Art, E. Moreau et Cie, 41, rue de la Victoire.

DÉSIGNATION

1 — *Femme à l'éventail.*

Dessin rehaussé.

Haut., 38 cent.; larg., 23 cent.

2 — *Femme au coquelicot.*

Dessin rehaussé.

Haut., 38 cent.; larg., 23 cent.

3 — *Cake-Walke.*

Dessin rehaussé.

Haut., 38 cent.; larg., 23 cent.

4 — *Agaceries.*

Dessin rehaussé.

Haut., 35 cent.; larg., 23 cent.

5 — *Merveilleuse.*

Dessin rehaussé.

Haut., 38 cent.; larg., 23 cent.

6 — *Provocation.*

Dessin rehaussé.

Haut., 38 cent.; larg., 23 cent.

7 — *Vive le champagne.*

Dessin rehaussé.

Haut., 38 cent.; larg., 23 cent.

8 — *Pierrette.*

Dessin rehaussé.

Haut., 38 cent.; larg., 23 cent.

9 — *Chanteuse.*

Dessin rehaussé.

Haut., 38 cent.; larg., 23 cent.

10 — *Page.*

Dessin rehaussé.

Haut., 38 cent.; larg., 23 cent.

11 — *Repos.*

Dessin rehaussé.

Haut., 22 cent.; larg., 35 cent.

12 — *La Cigale.*

Dessin rehaussé.

Haut., 38 cent.; larg., 23 cent.

13 — *Nice.*

Pastel.

Haut., 1 mètre; larg., 75 cent.

14 — *Enfant et jouets.*

Pastel.

Haut., 55 cent.; larg., 32 cent.

15 — *Colombine et Pierrot.*

Pastel.

Haut., 60 cent.; larg., 37 cent.

16 — *Concert champêtre.*

Pastel.

Haut., 42 cent.; larg., 28 cent.

17 — *Guitariste.*

Pastel.

Haut., 42 cent.; larg., 22 cent.

18 — *Sérénade.*

Pastel.

Haut., 38 cent.; larg., 24 cent.

19 — *Dans les nuages.*

Pastel.

Haut., 37 cent.; larg., 25 cent

20 — *Femme au tambourin.*

Pastel.

Haut., 35 cent.; larg., 19 cent.

21 — *Danseuse.*

Pastel.

Haut., 35 cent.; larg., 19 cent.

22 — *Danseuse au tambourin.*

Peinture.

Haut., 43 cent.; larg., 22 cent.

23 — *Danseuse.*

Peinture.

Haut., 52 cent.; larg., 28 cent.

24 — *Duo champétre.*

Pastel.

Haut., 34 cent.; larg., 23 cent

25 — *Départ pour le bal.*

Pastel.

Haut., 34 cent.; larg., 23 cent

26 — *Sur l'herbe.*

Pastel.

Haut., 32 cent.; larg., 25 cent.